Silvino Ferreira Jr

# A Água Volta Como Memória

KOTTER
EDITORIAL

*Coordenação Editorial*: Sálvio Nienkötter
*Editor-Executivo*: Claudecir de Oliveira Rocha
*Editor-adjunto*: Daniel Osiecki
*Capa*: Paula Villa Nova
*Design editorial*: Carlos Garcia Fernandes
*Produção*: Cristiane Nienkötter
*Revisão e preparação de originais*: O Autor

Dados Internacionais de Catalogação na Publicação (CIP)
Angelica Ilacqua CRB-8/7057

Ferreira Jr., Silvino
A água volta como memória / Silvino Ferreira Jr. – Curitiba : Kotter Editorial, 2023.
216 p.

ISBN 978-65-5361-178-8

1. Poesia brasileira I. Título

CDD B869.1

23-0604

Kotter Editorial Ltda.
Rua das Cerejeiras, 194
CEP: 82700-510 - Curitiba - PR
Tel. + 55(41) 3585-5161
www.kotter.com.br | contato@kotter.com.br

Feito o depósito legal
1ª Edição
2023

Silvino Ferreira Jr

# A Água Volta Como Memória

Sem o suporte e o amor da Susan, nada disso seria possível.

À memória de Dona Izabel (1933 – 2012).

*Os rios correm para o mar,*

*contudo, o mar nunca se enche;*

*ainda que sempre corram para o mar,*

*para lá voltam a correr.*

Eclesiastes 1:7

*I have grown deep like the rivers.*

Langston Hughes

Sumário

você acaba de puxar o fio do novelo infinito
seja bem-vindo ao labirinto

a voz que te trouxe até aqui
emudeceu no estuário de um rio

daqui por diante terás que seguir
um canto silenciado na memória

vá em busca da voz antes da voz
semente de um ser no passado deixado

no silêncio que fala sem palavras
essa voz ancestral e solitária

é a história de uma longa viagem
por trilhas sonoras contada

tons sobre tons dissonantes
de ritos – de arranjos – de improvisos

viagem de volta à foz da voz
de água corrente de rios e afluentes

a imagem pura – persistente
transparente – água da nascente

líquido claro em cristal filtrado
e que ao sonho empresta leveza

tema aquático de um musical
de cores em mar de coral

é barulho de imensa cachoeira
e lento respingar de torneira

cai de nuvens em chuvaradas
desliza e corre entre trilhas de telhados

veloz em virulenta força de cascata
mansa e lentamente entre vales de silêncio

escorrega longos córregos
percorre valas – invade vilarejos

lava montanhas de pedra
deixa verdes folhas orvalhadas

umedece a pele e refresca
morna no corpo que conforta

água de corrente canalizada
por aqueduto levada – corta paisagens

transforma terra árida em solo maduro
onde sementes hão de ser árvores

não há número para os infinitos afluentes
nome com incontáveis sobrenomes

segue os sons de si mesma
seus são todos os tons

se recria rumo ao mar
onde – ruidosa – deságua

## diálogos

então – o que me dizes – árvore
pergunto de passagem

o mundo corre em narrativas ilusórias
por isso me encontro aqui parada

não é só a água que sigo – prossigo
mas também um eco da memória

escondido em sombra-camuflagem
canta o pássaro lá do seu galho

a tua palavra é tua asa – voa – viaja
todos os continentes te pertencem

teu verso é ave que voa
e pode pousar em qualquer lugar

ou pode eternamente flutuar
livre feito palavra sem página

onde pousar

por outro lado – me diz a pedra
o importante é não ter pressa

em tua jornada nunca te iludas
em vão a sombra a luz elude

verás beleza em tua vereda
mas também tardes de tristeza

ouvirás a fala mansa do chuvisco
no gotejar de nuvens seminuas

mas também o relampejar
em turbilhão de trovoada

toda pedra é poética
retruca o musgo em sua pele

mas quão longa é a caminhada
onde acaba – pergunto

não é longa porque não há como medir
ou – melhor – não se deixa mensurar

de vão em vão em tua passagem
outras portas serão cruzadas

não há destino ponto final
há sempre outra porta à espera

viagem e viajante se pertencem
como ponto e contraponto

é onde termina o conhecido
que se inicia o teu caminho

mantém tuas pernas em alerta
há nova trilha a ser aberta

e recorda – água isolada da raiz
é árvore morta

abre todos os teus sentidos
eles são a porta da memória

e a tua fala é um evento
em sonoro movimento

o silêncio teu repouso
teu sono de descanso

um girassol me para
e me diz em confidência

és espirais de muitos ciclos
ascendência e descendência

os círculos de cada ciclo
repetem-se e repetem-se

e repetem-se e repetem-se
nada é definitivamente ido

és intocável e transeunte
pleno de sombras e ausências

és o inerente e suas aderências
o tempo e seus adereços

és ser primitivo
ao princípio atado
primevo – primeiro

sê em essência
o que é o teu ser – transparente
não o que parece – o aparente

e embora o teu dilema
seja o teu tema
a ele não te prendas

busca a beleza inerente
ao diferente

## banho

inspira o teu poema

nesse rio em movimento

um rio que alimenta

um rio que lava

um rio que banha

um rio que conforta

um rio que transporta

sua água a outras águas

um rio que aqui se alarga

e que ali se estreita

que cai em corredeiras

que cria a correnteza

que umedece a terra

que gera a chuva

que orvalha a fruta

a folha e a flor

que é cristalino espelho

e sacia a sede

em teu corpo

**lembra**

em seu curso – parte do que é água evapora-se
ou torna-se invisível ao embrenhar-se na mata
matas e matagais – pântanos subterrâneos
que somem e sob o solo se escondem
abastecem lagos – lagoas – lagunas
entregam-se a corredores em correntezas
estreitam-se em córregos – canais e canaletas
às vezes tortuosas em suas vias e desvios
outras – em longas retas a caminho do delta
cadeia de nutrientes carregadas por torrentes
alcançam torneiras – chuveiros – mangueiras
matam a sede – banham o corpo – regam a dor

em segredo me sopra a brisa
que é a rima que eterniza

mas – diz em seguida – ela é apenas
o teu ponto de partida

aqui é a foz
onde nasce a tua voz – vai

## reencontro

foi como se eu tivesse adentrado uma caverna

com o interior de um sistema auditivo parecida

desde a entrada – com seu formato de uma orelha

até as paredes com textura das membranas do ouvido

ali – em mim centrado – me encontrava

e estava pronto para essa volta ao passado

na penumbra eu vi a sombra

de face humana envelhecida

o olhar de quem me esperava

que em rugas parecia preservado

ali – sentada sobre o tempo

a face que faltava me contemplava

eu te reconheço – sei quem você é – afirmei
você é o bernardo que trago na lembrança
você trazia água lá da caboronga
ninguém me contou – descobri em um sonho

sim – esse era o meu nome – me respondeu
mas por que você não se despediu – continuei
todos os dias à mesma hora
fui te esperar do lado de fora
ainda mantenho o hábito da espera
espera em pé – ao pé da porta

eu fui tirado daquela casa – me explicou
para morar em tua memória
você ouviu o eco de um grito
envolto em séculos emudecidos
e este será o teu segredo
você é veio do rio do peixe
ipirá – em tupi-guarani
e – não esqueça – em teu leito
você bebeu da água da caboronga
que traduzida é água fresca

tua voz sobre a cerca

que separava nossos quintais

me falava dessa água – lembrei

em lombos de jumentos carregada

água potável e memorável

que trazias da caboronga

sim – eu fiz muito esse trajeto

entre a cidade e a nascente

com uma tropa de burricos

com barris d'água nas cangalhas

sim – eu vivi de vender água

água que será a tua passagem

teu passaporte nesta viagem

cada um dos seus sons é uma forma de ser

por isso – mantém aberto o ouvido

e separa a música do ruído

você bebeu da água inaugural
onde o rio começa o seu curso
em contínuo correr de um ciclo
tão líquido quanto livre
dormiste naquele leito
com o ouvido em sua cabeceira

ela matou a tua sede
alimentou a tua memória
traçou o teu trajeto
agora você tem que seguir
a desvendar mais mistérios

a partir dessa fonte
estuda o curso dessa água
aprende de seus afluentes
lembra que ele nem sempre é – até a foz – navegável
e que – em seus muitos meandros
há encontros e desencontros
confluências e divergências

a caminho da embocadura

também toma cuidado

com as correntes virulentas

e das muitas emboscadas

nade onde ele se acalma

ande ao largo

onde ele se revolta

transita seus misteriosos desvios

atravesse florestas – vilas e cidades

até onde ela desemboca

lá na frente há um mar

no caminho – embebe a tua voz

valoriza a melódica vogal das águas calmas

mas também deixe-se lavar por acordes dissonantes

quando bate o vento turbulento

e explora letras aliteradas

para criar a tua trilha

come da planta que nasce em suas margens

e devora raízes cruas que penetram o solo

traga o caroço da fruta e a casca do tronco

descarta temperá-las

envolve-as em tua língua

e – em saliva umedecida

quebra sílaba por sílaba

e degusta cada partícula

usa a poética metáfora

mas evita a suavidade do eufemismo

sempre que isso for possível

sê direto em teu verso

nessa jornada não se deixe distrair

pelos ruídos da polis poluente

pelo alarido de multidão enfurecida

ou o ensurdecedor estampido dos seus tiros

pela monotonia de monólogos monotemáticos

ou discurso que na mentira se equilibra

ou pelo ranger dos dentes de roda

de engrenagem enferrujada

ou o esbravejar canino enfurecido

de dono da verdade não provada

com a voz espúria do conchavo

que vaza da sala em tantos formatos

assalto – golpe de estado – assassinato

é sempre bom tomar cuidado

também evita a voz de ventríloquo

essa vem vazia – desde o primeiro dia

do barulho quebrado

de pedra e cimento

em misturador de concreto

e triturador de silêncios

tira fonemas para o teu verso

tampouco te prendas

à armadilha do erro

a culpa – como tudo – com o tempo se dilui

e quanto ao acerto – prosseguiu

melhor colecionar pequenos triunfos

sem tambores – sem trombetas

foge da vitória seguida de alarde

a sombra do passado

que de perto te segue

é o cordão que te ata

ao que és de memória

às vezes à minha frente

eu a sigo – qual discípulo

outras vezes – ao meu lado – ela se posta

como se fosse um amigo

e tem a hora em que – como um guarda-costas

ela me segue – me guarda

com a fidelidade de espelho

parece um jogo ensaiado

ela para quando eu paro

mas bem pode ser o contrário

nossas vozes também seguem

sincronicamente silenciadas

visível sob a luz

quando ela – a sombra – se apaga

no escuro se esconde

mas jamais se vai

vozes não morrem

desaparecem como rios

que correm subterrâneos

e doam suas águas

a outros rios

rios de superfície

então a luz tornou-se oculta

e a tarde escondeu-se envolta

o sopro de um denso silêncio

tocou suave meus tímpanos

a me dizer que é no escurecer

que a manhã guarda segredos

não – não tem limite o desconhecido
é um lugar que fica muito além do aqui
e a ignorância é um saber perdido

é um lugar há muito esquecido
a amnésia do que eu aprendi
não – não tem limite o desconhecido

conhecimento é um dia vencido
são infinitas as janelas a se abrir
e a ignorância é um saber perdido

na vastidão desse tão incógnito
quem pode dizer o que está por vir
não – não tem limite o desconhecido

o que não se sabe não está escrito
e são tantas páginas que ainda não li
e a ignorância é um saber perdido

é viagem que não faz sentido
por mais distante que se possa ir
não tem limite o desconhecido
e a ignorância é esse saber – perdido

## sono

na concha que acolhe os sons
como bebê em berço envolto

e em seu suave cobertor
um conforto de cordeiro

protegido em seu velo
que o reveste com zelo

sonolenta canção adormece
tudo o que era volume – mudo

deixar a água correr livre

deixar a língua solta

não acatarás palavra de ordem

muito menos voz de prisão

o verso será desobediente

voará feito pássaros em revoada

encosto o ouvido

à beira desse poço

com a sua água rasa

no fundo empoçada

ouço o vazio do eco

mudo e sem corpo

volto à infância

de perdida herança

## solitário

contra a crença corrente

de que todo rio corre para o mar

há aqueles que correm para alimentar

lagos e lençóis freáticos

ao contrário de todos outros – no entanto

é o rio cubango o de destino mais insólito

no delta do cubango – deserto do kalahari

onde ele desemboca – a sua água evapora

escreve um livro que mais que lido

seja um livro para o ouvido

com palavras de múltiplas escalas

e sonoridades dissonantes

certas palavras são pontes

outras palavras são barcos

certas são braços

outras são asas

escolhe como atravessar

o rio que corta o caminho

em cada acento

em cada silêncio

em cada flexão

em cada tensão

em cada entoar

em cada troar

língua viva

teu ser habita

**poesia**

sonoridade do fonema

fonte da primitiva palavra

na língua pronunciada

anúncio de um nascimento

**poesia**

fonte que embebe a raiz da palavra

e onde o teu poema solto se banha

para gerar caules em forma de versos

ao tronco de árvore-poema atados

**poesia**

suspensas entre céu e terra

nuvens de palavras mudas

condensadas adormecem

em árvores de raízes aéreas

**poesia**

de um mar em movimento

ouço o lamento que vem do ventre

o cortante choro negreiro

de lágrimas oceânicas derramadas

**poesia**

sinfonia secular composta

para ser música cantada

por um coro só de solistas

na comunal voz da balada

**poesia**

fotografia oral do tempo

corre em águas vocais

na batida sonora dos dias

nossa voz comunitária

conta e reconta a mesma história

em um trançado hereditário

**poesia**

liberdade de uma gota mágica

que não se dissolve ao cair na água

e faz sua jornada aleatória e solitária

desbravando rotas do desconhecido

no oceânico mundo do imaginário

**poesia**

vogal melódica

consoante austera

voz de flauta

trovão de trombone

**poesia**

suspiro em pausa

balanço suspenso

em eterna espera

**poesia**

engenho de aranha

que ali se balança

fiando-se nesse fio

seu peso pendular

**poesia**

nas palavras e nas notas musicais

sustentadas por fios finos bem tecidos

formam essa partitura como trama urdida

poesia permeia a perfeita teia de aracne

ao embalo do vento que sopra sonoro

**poesia**

grito que sai da garganta

de quem o pânico alcança

**poesia**

em tarde de outono

daqui te ouço em choro

teu lamento chuvoso

chuva cai sobre o chão

**poesia**

chuva cai sobre a folha

**poesia**

chuva cai sobre o telhado

**poesia**

cai a chuva feito música

**poesia**

serena manhã

teu sereno orvalhado

minha serenata

**poesia**

cato palavras de um vasto catálogo

de anotações aleatórias

lavra de vozes aliteradas

em amarelo de metal recicladas

ao garganteio afinado de um coro matinal

juntam-se vozes de buzinas e britadeiras

vozes de ambulâncias e carros de polícia

marteladas de ruídos batendo no tímpano

e essa teia tecida por sotaques humanos

gritos risadas falas choros sussurros soluços

a sinfonia urbana anuncia – é mais um dia

enquanto isso

lá do amanhecer dos meus dias

ouço o assovio do vapor

escapando pelo bico da chaleira

espalhava o aroma

de toda manhã

agora – fim de tarde úmido

assovio de ventania

gotas escorregam no vidro

do lado de fora da janela

que me parece que chora

rataratatatatatatatata

taratatata tatatatata

taratatata tatatatata

rataratatatatatatatata

quantos matamos hoje

rataratatatatatatatata

taratatata tatatatata

taratatata tatatatata

rataratatatatatatatata

quantos eram pretos

rataratatatatatatatata

taratatata tatatatata

taratatata tatatatata

rarrrrrrrrrrrtatatata

nenhuma bala perdida – tá

tá

compasso lento

de alga marinha

como quem dança

em ritmo de onda

no dentro do mar

navego em meu sonhar

uma palavra tão livre

quanto a nova aurora

ainda sem memória

memória que a recorde

que é filha de uma história

e não a deixe ir embora

babel introspectiva

dorme na boca da noite

um silêncio de metrópole

seu sono cosmopolita

enquanto vejo as nuvens

que caminham sobre montanhas

sigo com os meus passos

sobre o plano do traçado

mas com o olhar flutuante

## guia

move os teus olhos

sobre o vazio da página

como se ele escondesse uma bússola

que te leve para o norte

e te traga de volta

pode confiar no rio

ele sabe o seu caminho

a etimologia da sua água

de seus ascendentes

e como ela se desdobra

em árvore genealógica

ao pousar em tua página

deixa que ele corra – escorra

discorra a sua história

e narre com autonomia

a própria trajetória

## outono – inverno

em torno do próprio tronco

árvores começam a tecer

tapetes de folhada textura

amarelados e alaranjados

outono cai aos meus pés

em meu itinerário diário

mas logo virá o inverno

com o seu assoalho de folhas secas

de cores desbotadas e tons apagados

por onde os meus passos serão levados

porta abre caminho

pode ser leve porta cortina

ou pesada porta cofre

pode ser porta de casa

pode ser porta portão

porta que abre pra dentro

porta que abre pra fora

porta água – comporta

**luz**

menino – seguia a tua luz

como um mago a uma estrela

que – entre nuvens – sumia aqui

e ali – reaparecia – descendente

ascendente – luzente – reluzente

errática lá ali aqui

como quem mergulha no escuro

e vem à tona em busca de ar

vaga a mente na memória

lembro – a tua luz me intrigava

tanto quanto o canto da cigarra

a tua luz confundia

a infantil curiosidade

no sonho de desvendar

onde era a tua casa – vagalume

e quão iluminada era ela

quedas d'água sobre pedras

cascatas de vozes misturadas

descem como palavras

entre os versos do poema

caem como se fossem

cachoeiras em cantatas

a estrada ignora o desertor da jornada

e segue – segue continuamente – segue

como se infinitos pontos de reticência

a cada chegada – expandisse o seu final

solitária palavra que ninguém fala

remanescente de língua morta

sons de caracteres intraduzíveis

que em nenhuma página se insere

voz esquecida – desconhecida

a quem o ouvido negou guarida

como pode ser tão abandonada

essa palavra – ali sozinha jogada

feito negro entre negros solitária

tempo de águas turvas

água pesada de tanto escura

tempo de sofrimento

que anda a passo lento

água empoçada de lamento

lama sob um sol tão intenso

esqueleto de um rio seco

solo em rachaduras – seu leito

rio sem voz – emudecido

água de sol evaporado

o rio e outras águas

são a tua trilha sonora

água turbulenta – água calma

água turva – água cristalina

barulhenta – murmurante

solo seco solidificado

outrora berço de rio

agora é terra riscada

como lábio rachado

de uma boca sedenta

mantém-te em movimento

água que perde a fluência

cai em gotas – sem força

ou – simplesmente – vira lodo

atolada – imóvel em lamaçal

só é preciso um verso

para ser eterno

disse a voz ao poeta

## aeroporto internacional

belgrado budapeste bratslava

lagos lusaca luanda

nassau nova déli nova iorque

saraievo sofia são paulo

pelo longo corredor do aeroporto

dirijo-me ao portão de embarque

vejo olhares apressados e pregados

nos displays de informação eletrônica

ancara – campala – jacarta

porto – pretória – pristina

roma – riga – riade – viena – valeta – vaduz

educadas vozes melódicas

anunciam cada partida

atenção para a última chamada

do voo um dois sete cinco com destino a

doha – dubai – dublin – barcelona – berlim – berna

compenhague – cabula – camberra

ulan bator – islamabade – abu dhabi

nomes uns dos outros tão distintos

feito as passageiras faces à minha volta

contam histórias que ignoro

de tantos destinos que nunca irei – talvez

abuja – amã – teerã – lima – lomé – libreville

kiev – quinxassa – kigali – honolulu – helsinque – hanói

passo pelo raio-x – corpo e bagagem

cruzo avenidas de produtos duty free

e sigo em direção ao portão de embarque

deixo um mundo para trás

adeus maputo – monróvia – manágua

adeus catmandu – campala – caracas

cruzo o portão de embarque

sigo a pista onde a aeronave aguarda

embarco – me sento – o cinto aperto

em voo de volta pra casa

espero

## leveza

curvas e aconchegantes

como o interior da casa batlló

suas suaves esquinas arqueadas

corrimões de escadas imaginárias

formas invisíveis e arredondadas

e alma de inspiração aquática

navego nessa espaçonave

de abóboda cintilante e estrelada

com leveza de astronauta

em um universo de palavras

que longa – suave e lentamente vagam

na noite que o sonho embala

em propriá – interior de sergipe
às margens do velho chico situada
a caminhada entre a casa e a escola
era longa e – por vezes – solitária

mas o que eu realmente gostava
era que – enquanto caminhava
nos trilhos do trem me equilibrava
eu andava como quem brincava

a minha linha era linha de ferro
seus trilhos equidistantes e paralelos
e para sempre inseparáveis

entre a casa e a escola
eu aprendi a andar sozinho
e nem sempre nos trilhos

havia calçadas em própria

que a gente evitava pisar

elas eram todas pintadas

com temas da umbanda

e o dono da casa era tido

como terrível feiticeiro

crianças ficavam com medo

## aracaju

eu lembro da primeira vez

que ouvi um repentista ao vivo

era um domingo e a gente caminhava

eu ele meu pai minha mãe meus irmãos

depois do culto – de volta pra casa

enquanto a gente andava – ele declamava

palavras soavam como mágica

pareciam sair em suaves metralhadas

palavras disparadas em versos rimados

tudo muito bem pontuado

mais tarde – um quase adolescente

ao ouvido – fui adicionando outros ritmos

agora – velho – ouço mais outros versos

também de metralhadora ecoados

vi brilhar a tulipa negra

brilhava sob um céu azul

céu cortado por fios cruzados

fios que atam os teus trams

que num volteado de labirintos

passeiam sobre trilhos

às margens das tuas águas

vão circunvagando – amsterdam

água canalizada

feita em veneza

água que vaza

mas não esvazia

em uma fantasia poética

eu ouvia flauta transversa

enquanto atravessava

uma travessa em trastevere

por ruas romanas

segui um canto

canto gregoriano

## brasilit

nenhuma chuva que na vida ouvi

amei mais que a chuva do recife

com a sua queda de água pesada

sobre os seus telhados de amianto

mas eu sei que a chuva do recife

pode ser água de pesado pesadelo

**vozerio**

as vozes da feira me acompanham
desde que eu era muito menino
meu pai meu avô meu tio-avô
todos eles vendiam na feira
a minha tia antônia também

e tinha a feira feita com a minha mãe
todo sábado pela manhã
feira de casa amarela – no recife
era tarefa revezada com dois
dos meus quatro irmãos

feijão arroz farinha fubá frutas da estação
manga mangaba graviola goiaba
e antes que o vendedor dissesse o preço
o dinheiro exato ela tinha à mão

o alimento de cada dia oferecido
por múltiplas vozes sobrepostas
que depois – à mesa – a gente a deus

agradecia

## previsto

o dia em que o sol de verão

brilha com cores do outono

o dia em que o inverno impera

no fim de tarde da primavera

previsão do tempo em londres

todas as estações no horizonte

longos silvos seguidos

vento canta urra chora

parece que berra – se desespera

e em ventania protesta

aquela noite em ilha bela

**embankment station**

outro dia li a história

de uma voz que certo dia

deixou de ser ouvida

ele – o dono da voz

sonhava em ser ator

o que – não sei se infelizmente

e muito menos o porquê

não veio a acontecer

mas por ter bela voz

ele viria a ser locutor

do serviço de informação

em uma linha do metrô

certo dia – coisa que acontece – ele morreu

desde então – ela – a viúva que sempre o amou

quando a saudade batia

passava por embankment station

onde a voz dele – gravada – ainda ecoava

outros dias se passaram
vozes foram digitalizadas
mas a dele – como lixo – descartada
virou voz silenciada

inconformada que ficou
ela resolveu reclamar
e – talvez – para grande surpresa
viu a sua queixa ressonar

passados alguns dias
recebeu uma ligação – um convite
para que voltasse à estação

lá – foi informada que
depois de uma busca realizada
velhas fitas cassete – com a voz dele gravadas
não apenas foram achadas

mas também digitalizadas

surpresa maior – no entanto

por ela ainda aguardava

nos autofalantes da estação

a voz que um dia havia partido

novamente ecoava

mind the gap – mind the gap – mind the gap

voltava a ser ouvido

na voz que ela amava

**datas**

na larga escala do tempo

pirâmides duram a eternidade das dunas

a data do teu aniversário

de tão apagada no calendário

será um dia mencionada em termos vagos

primeira metade – segunda metade

ou em meados de algum século passado

até ser memória em milênios perdida

também não será diferente

com aquele momento exato

em que as cortinas se fecharam

no último ato

sem saber o que dizer

restou-me perguntar

será que é isso o que

me faz escrever

pensar que vou morrer

ser um imenso silêncio

nem eco de resposta

## memória

ponte que se estende sobre o rio

rio que também se chama tempo

rio que corre do ontem pro hoje

do que foi antes ao que agora é

ponte sem margens

memória sem tempo

## caronte

viaja o solitário barco

que liga as margens do rio

e volta sem passageiro

barco onde só o barqueiro

tem passagem de volta

## morte

quando ela chegou
ele fingiu que dormia

fazia de conta que não a via
e muito menos a ouvia

e com medo de que ela
ainda estivesse por perto

nunca mais os olhos
foram despertos

acontece com a lua

acontece com a chuva

acontece com o mar

acontece com o vento

toda morte é só

questão de tempo

## passagem

jorram mensagens de ano novo

como águas que transbordam

é que a perspectiva de janeiro

agora é palpável em tantas vozes

e assim passa o tempo

feito versos enjambrados

um ao outro engatado

a dezembro segue janeiro

que por fevereiro é seguido

à espera de março

memória – divino device

oventoooooooooooooooooooooooooooooooooo

ventaaaaaaaaaaaaaaaaaaaaaaaaaaaaaaaaaaaaaaaaaaaaaa

doventooooooooooooooooooooooooooooooooo

ouçooooooooooooooooooooooooooooooooooooo

uivooooooooooooooooooooooooooooooooooooo

suicídio

palavra venenosa

que se cospe

contra o vento

já estava para entrar em casa
quando ouvi os passos cada vez mais aqui
inventei uma desculpa para me demorar

andando a passos cadenciados
um gorro verde limão na cabeça
a jaqueta jeans e duas mochilas

uma debaixo do braço
outra só visível ao me dar as costas

calça cor caqui nunca passada
com as bainhas presas
por meias de cores distintas

tudo era aparentemente casual
é assim que gosto de um poema

## xaxaxa

esse chiado que entra pela janela

é de passo de chinelo arrastado

como de quem dança xaxado

passos do meu vizinho irlandês – george

que agora passa lá fora

e o ritmo da passada me diz

se ele passa sem pressa ou se anda apressado

pode ser também passo embriagado

ouvi esse choro inconsolável

de soluços sem fim seguidos

a insolucionável dor da perda

águas de saudade derramada

**chove**

barulho da chuva

caiu no telhado

desceu pela canaleta

escorregou pelo córrego

encheu o riacho

que agora transborda

cachos de lágrimas

caindo dos olhos

**sim**

eu lembro que chorava
quando em mim atiravam
palavras afiadas que
feito faca perfuravam

**sim**

ainda me doem
mas não choro mais
aprendi a envenená-las
e atirá-las de volta

**sim**

às vezes árvores em silêncio

dançam em harmonia com o vento

outras vezes é contradança

com movimento de resistência

## eternidade

a eternidade é uma música chata
provavelmente de propósito
pinçada só para pôr
um ponto final na espera

a sua ligação é muito importante para nós
para efeito de treinamento
essa ligação poderá ser gravada

tecle um para pagamentos
dois para os nossos produtos
três para fazer um elogio
quatro para mudança de plano
cinco para desbloquear a sua senha
seis para acessar o seu saldo
sete para cancelar a sua conta
oito para reativar a sua conta
nove para fazer uma reclamação
dez para o nosso atendimento pessoal

por favor aguarde

estamos transferindo você para um dos nossos operadores

a sua ligação é muito importante para nós

música música música música

neste momento todos os nossos operadores estão ocupados

a sua ligação é muito importante para nós

música música música música

neste momento todos os nossos operadores estão ocupados

a sua ligação é muito importante para nós

música música música música

neste momento todos os nossos operadores estão ocupados

a sua ligação é muito importante para nós

música música música música

por favor aguarde enquanto transferimos você

para um dos nossos operadores

bip bip bip bip bip bip bip bip

na rica noite

de um telescópio

contemplar constelações

de brilho coletivo

e sinfonia estelar

dessa música milenar

que vaza pelo ouvido

## cotidiano

me encontro envolto

na trivial tarefa de contar

o tempo que falta

a voz perfeita da ironia

passa quase imperceptível

num sorriso maroto

que escapa entre os lábios

canto da boca puxado

**estrada**

sigo por terreno desconhecido

me dirige o mapa do google

no painel do carro aberto

sem ele estaria perdido

vai desenhando a estrada – me guia

mostrando na tela do android

o tempo que falta para chegar ao destino

assim como a velocidade em que vou

se devo desacelerar ou posso pisar o pé

enquanto isso os meus ouvidos

estão centrados em ondas sonoras

vozes que saem do rádio

logo esqueço o que elas falam

os olhos passeiam pelo alto

por galhos que cobrem a estrada
e fazem bela alameda
um túnel verde com teto perfurado
por pontos de luz vazado
sol e sombra desenham
na estrada intricado traçado

mas ao sair do outro lado
tudo é o esperado
a paisagem tipicamente inglesa
um campo de verde vasto
onde ovelhas pastam

no horizonte uma colina
iluminada por sol ocioso
que desce em seu oposto

sua luz lentamente esvai-se
até perde-se de vista

eu sonho que é do outro lado

que fica o meu destino

para lá aponto o carro

o mapa – no entanto – me diz

o sentido é o oposto

## chove II

barulho da chuva

cai no telhado

desce pela canaleta

escorrega pelo córrego

enche o riacho

logo ali embaixo

lágrima transborda

caindo em cachos

de olhos vazados

lavando a face

choro de nuvem

ladeira abaixo

alma e palavra
são mais que irmãs
são gêmeas siamesas

mas alma é calada
fala através do silêncio
que a sua irmã traduz

de vez em quando
alma fala – mas palavra
não sabe traduzir

e as duas ficam mudas
alma à irmã atada
e sem fala

## do seu jeito

é melhor que seja do seu jeito
o que não precisa por outro ser feito
por que não fazer você mesmo

nem tudo é para o especialista
tenta – aprenda – improvisa
é melhor que seja do seu jeito

mesmo que saia com defeito
há sempre a chance do conserto
por que não fazer você mesmo

à fórmula ensinada na escola
às vezes – melhor nem dar bola
é melhor que seja do seu jeito

insegurança – é certo – pega no começo
mas com o tempo vai-se o medo
por que não fazer você mesmo

evite aquele que só aconselha

negue ouvido se te sopram na orelha

se é melhor que seja do seu jeito

por que não fazer você mesmo

## vozes

vozes que falam

vozes que acalantam

vozes que cantam

vozes que gritam

vozes que buzinam

vozes que apitam

vozes que choram

vozes que lamentam

vozes que gemem

que acordam – que agitam – que dormem

vozes que seguem

vozes que esperam

vozes que guiam

vozes que inspiram

vozes que sussurram

vozes que suspiram

vozes que declamam

vozes que proclamam

vozes que clamam

que perguntam – que respondem – que silenciam

vozes que padecem

vozes que envelhecem

vozes que emudecem

morrem nascem crescem

poça e poço

que diferença

uma letra

pode fazer

e nos levar

do raso da poça

ao fundo do poço

palavras velozes feito bala

no arsenal do dicionário

munição de todos os calibres

em palavras metralhadas

o poema nunca se sabe

o que ele pode vir a ser

pode ser poema-bomba

peça de efeito retardado

artefato de palavras

que ao corpo vem atado

pode ser ato poético

de explosivo detonado

## duas palavras

a sua missão é ultrassecreta
uma questão de morte ou morte
e continuou – com o olhar fixo

para chegar ao seu destino
você terá que usar três códigos
e cruzar escuros corredores

escuros e longos – e estreitos
e passar por três portas sólidas
para cada uma delas – um segredo

três senhas que não podem ser vistas
e que jamais foram escritas
terá que guardá-las na memória

uma que seja esquecida
com todas as portas trancadas
você não tem volta

mas se for bem sucedido
por homens armados até os dentes
ao líder – será conduzido

assim que for apresentado
faça uma breve reverência
seguida por estas palavras

sou o mensageiro – e aperte o botão

do umbigo

o sol e o tempo em teu corpo
cavam                                   sulcos
como na terra as linhas do arado

essa ruga é um imposto
que se cobra em teu rosto

mas em cada rito de passagem
reverencia a nova idade

primitiva pronúncia

de primeva palavra

quero visitar o teu berço

quero saber – me diga

em que província habitas

a rua onde moras – onde fica

a casa que te abriga

em que quarto a cama

onde te deitas

e do sonho em teu sono

que me contas

somos capazes de captar o som

medimos volume e velocidade

imprimimos suas notas musicais

com símbolos em partituras

e podemos escutá-lo

via infinitos instrumentos

cordas de címbalo – sopro de metal

timbales – fonemas – poemas

em suas diferentes formas

fala – trinido – ruído – grunhido

mas não sabemos de onde vem

e ignoramos onde se esconde

quando ao silêncio responde

arranjo sonoro

que anuncia a manhã

nas cordas vocais

de pássaro encantado

me acorda

na janela pousado

em verde canteiro

sei que não é para mim

esse teu canto

mas faço de conta

quanta coisa cabe na página

cabe uma sala ou uma cidade

uma imensa floresta também cabe

cabe paisagens e personagens

mas se quiser encaixar um silêncio

é só deixá-la nua – em branco

## rio peck

ele cruza o peckham rye park quase invisível

os meus passos sentem o seu correr no subsolo

aqui e ali – ele vem à tona e mostra-se água

enquanto percorre o seu cotidiano itinerário

atravessa o espaço feito um travesso menino

que domina um jogo de esconde-esconde

fico a imaginar onde a sua fonte se esconde

e a que se destina em seu caminho invisível

borbulhante como se fosse saltitante menino

fonte de um azul artificial salta do seu subsolo

e no imaginário eu sigo o seu itinerário

agora diante do lago que alarga a sua água

descubro que a fonte de onde vem essa água

fica no alto de uma colina onde mato a esconde

fica perto de onde eu moro – mas não é itinerário

outros a ele se juntam nesse trajeto invisível

confluentes de águas correntes – também de subsolo

e alimentam sua insaciável sede de menino

a minha memória aquática – sonho de menino

me traz de volta sons e vozes de outra água

ela sobe à superfície como um jorrar do subsolo

revela o que o tempo – no esquecimento – esconde

nos intervalos em que toma forma o invisível

busco a foz – o ponto de partida nesse itinerário

mas não há margens para seguir todo itinerário

e como se perde na floresta fechada um menino

eu me vejo tateando face aos olhos invisível

e assim escorrega entre os dedos a água

sem mapa que aponte o que ela me esconde

me deixa no escuro do meu próprio subsolo

mas um nome deixado em remoto subsolo

traça em minha memória um novo itinerário

me diz que eu também sou o que se esconde

e mesmo que não voltem os tempos de menino

o passado será sempre a nascente dessa água

que – feito a minha alma – é viva e invisível

deixa que a água corra como corre o menino

ela ilumina o subsolo e – em seu itinerário

líquido silêncio esconde – corre no invisível

**paisagem sonora**

embora pareça mais tarde
quando a luz a esta hora desaparece
não é tão tarde quanto parece

falta azul sobre as árvores
que nesta época do ano
com seus galhos desfolhados
são repouso de pássaros

chuva fina e chuviscada
enquanto – de todos os cantos
chegam vozes passarinhadas
distante – um cachorro ladra
imagino que ladra pro nada

barulho motorizado
de elétrico e voraz
devorador de folhas e aparador
do verde tapete

e eu me sinto inteiro em sintonia com o que aqui se passa

jardineiros ao longo do caminho

cultivam novos canteiros

flores que agora plantadas

em breve serão contempladas

tem sempre alguém fazendo

algo mais importante do que eu

jardineiro – o poeta

em seu cotidiano itinerário

passeia entre palavras

que não se acham em dicionários

colhe flores de jardim literário

fileiras de flores lilases

brancas – amarelas – lindas

de nenhuma delas sabe o nome

e pensa que não precisa

## quanto tempo

no parque – em meu banco favorito sentado
quase ao pé do meu ouvido – pássaro cantava
tipo do canto persistente que parecia falar
quanto tempo quanto tempo quanto tempo

depois de um tempo voou para não sei onde
mas me deixou marcado com suas marteladas
quanto tempo quanto tempo quanto tempo

pensei em quanto tempo o tempo pode conter
como expressão de saudade – por exemplo

e antes que me desse conta – mentalmente
estava escrevendo a lista de amigos
que há tanto tempo não vejo

logo emendei uma lista na outra
de inúmeros lugares que amei
mas que há muito tempo não vou

pensei em quanto tempo também
no sentido do tempo que falta
quanto tempo para o trem vir ou partir
quanto tempo pro apito final
quanto tempo de voo até lá

quanto tempo para esse governo acabar
quanto tempo para chegar fevereiro
quanto tempo pro inverno ir embora

quanto tempo na sala de espera
quanto tempo no trânsito parado
e essa fila que não quer andar

quanto segundos quantos minutos quantas horas
quantos dias quantos meses quantos anos
quanto tempo pra esse mau tempo passar

e um tempo me levando a outro tempo
feito bastão que muda de mão
passado presente futuro – sucessão

**tac tac tac**

cada vez mais de perto
ponta em alumínio revestida
bate no chão uma bengala
liga o meu sinal de alerta
alguém se aproximava

primeiro – o cachorro se fez visível
bem perto de onde eu estava
em seguida – veio a senhora
com seu cabelo grisalho
e bem na minha frente
a dois passos do banco
onde eu estava sentado
manteve-se quase estática
se equilibrando em sua bengala

eu faço coleta de plantas
fui jardineira aqui – me disse

e abriu a mão para me mostrar

um punhado de galhos

venho aqui para colher

mudas para o meu jardim

esta aqui – estendendo a mão em minha direção

nasce do caule – da semente não sai nada

e eu economizo um bom dinheiro

acrescentou – enquanto se afastava

e do jeito que chegou – se foi

gradativamente evanescendo

ela e o tac tac tac da bengala

de ponta em alumínio revestida

e o que é esse pássaro

senão um encantador

que canta a beleza sem

precisar de palavras

ou o encanto dessa flor

que sabe encantar

mas não está nem aí

pro encanto da beleza

ao passar debaixo daqueles galhos
caminho que tantas vezes faço
ouvi um canto que de tão bonito
me obrigou a olhar para o alto

e fiquei ali procurando entre as folhas
de onde vinha aquela voz afinada
não achei – na árvore – o que procurava
mas aquele canto me deu um poema

revoada de periquitos

aterrissa sobre a árvore

no verde sobre o verde

uma árvore em concerto

## visão

eu passava pela parada
quando o louco – gentilmente
me parou pelo braço

e aí – convincentemente
ante o meu olhar atento
me disse que podia ver o vento

ao meu lado – a criança
por braços de mãe sustentada
nos ouvia atentamente

e com um certo contentamento
e sorriso sorridente
disse que também via o vento

como quem fala pra dentro
um tanto timidamente – murmurei
pensando bem – eu também

imagina o que disse o embriagado
que parou ao nosso lado

## repost

se nem eu mesmo sei
não é você quem vai saber
quem eu sou
ou quem eu deixo de ser

nada contra você
não tome como ofensa
eu só acho que ninguém
é aquilo que se pensa

toda ideia é preconceito
já vem de outro berço
vem de certo preceito
obrigado a ser aceito

mesmo sem querer
é ideia que já chega
por outros pensada
na escola ou em casa

embora bem articulada

é sempre de segunda mão

tipo carro muito usado

que se vende na revenda

o que sou ou deixo de ser

o que você é ou o que não é

nada é tão original assim

a gente já vem de papel passado

rapaz

## pressa

já estava acomodado

no assento do meu vagão

que partiria lotado

aí uma voz anunciou

o nome de cada estação

dali até o destino

a minha parada

no entanto – não

foi mencionada

não foi a primeira vez

que por estar apressado

tomei o trem errado

da minha olivetti pouco ficou

mas o que me deu mais saudade

foi quando o computador eliminou

o barulho do seu teclado

para tudo o que a gente escreve

por mais que o tema seja urgente

por mais que a notícia seja grave

o toque ficou mais suave

a bem da verdade também ficou

um certo traço do seu design

ao qual a gente falo dos mais velhos já estava acostumado

a ordem das suas letras no teclado

também gostava de ouvir o carro que se movia

como se move um para-brisa

pra direita e pra esquerda

nos intervalos – quando era freado

descansava ali – bem no meio – centrado

## desligado

ao seu prolongado – eiiiiii

seguiu-se um chega pra lá

ela – ainda que suave

me empurrou com um tapa

que veio seguido de um

eu estou falando com você

eu voltei de muito longe – de uma lua gigante

que iluminava um mar sem palavras

ela – com um sorriso de olhos fechados

estendeu a mão – me oferecendo outro tapa

lado a lado ficamos ali sentados

o tempo era tão longo que parecia parado

a não ser pela lentidão da lua

que àquela hora o tempo escalava

por que será que a boca da noite tem esse nome

penso que é porque sempre que ela tem fome

coisa que sempre acontece no final da tarde

a boca da noite – vem de mansinho – chega calada

para ingerir a sua porção diária de calorias

engole os últimos fragmentos de raios solares

é por isso que a boca da noite

mesmo quando está fechada – por dentro

é feito ventre iluminado

não escrevo com caneta

bico de pena

mas ouço o silêncio da escrita

molhada em tinta preta

dentro do tinteiro

sinto que o inverno

é dos mais rigorosos

quando a poesia

começa a soar fria

distante no horizonte

e ao presente indiferente

na parede nua de quadros

nenhum título acadêmico

nenhum diploma emoldurado

nada de honoris causa

para cada certificado

um bom lugar de descarte

sempre tive reservado

sala de troféus vazia – nada de taças

nem mesmo de campeonato de várzea

quanto ao quadro de medalhas

sequer de honra ao mérito

mas tenho – sim – um prêmio de consolação

aprendi que a vida pode ser

feito um poema de emily dickinson

**sem título**

## desculpas

& disse que estava só brincando

ao repetir a piada preconceituosa

& ouvir o silêncio como resposta

& acrescentou que sentia muito se – eventualmente

suas palavras causaram algum dano

mas nada que – eventualmente – consertasse o estrago

& soltou uma nota oficial – escrita pela

competente assessoria de imprensa

que não teve a intenção de ofender – ali ressaltada

& deletou o post homofóbico

ao ver patrocinadores indo embora

feito manada em debandada

& tem aquele que falou

depois do remarque racista

que tinha até amigo preto

& a libertada do cativeiro caseiro

onde trabalhou a vida inteira

tratada como membro da família

## cego

me disse que beleza

é inerente ao diferente

mas que não é tão visível

assim – infelizmente

a mente é uma semente

acrescentou sorridente

sua árvore – o conhecimento

e se afastou com o passo

seguindo a batida da bengala

tateando à esquerda e

à direita – indo em frente

## [closed captions]

passos apressados

telefone toca repetidamente

respiração profunda

música tensa ao fundo

tilintar de gelo no copo

aviso de mensagem no celular

som de janela abrindo

sirenes tocam distantes

música do vento

sussurros inaudíveis

às vezes reais – outras – imaginárias
de terra batida ou asfaltada
a mente move-se por estradas
que aqui se cruzam e ali se bifurcam

viaja no vazio essa espaçonave
e nem sempre segue em linha reta
muito pelo contrário – há ziguezagues
quando vem à tona a sombra da dúvida

de vez em quando – muda de rota
orientada por avisos de obras à frente
ou porque busca a pressa dos atalhos
alguns nunca antes explorados

diante de mil cruzamentos e bifurcações
escolhas a levam por vias espinhosas
a montanhas de encostas perigosas
a cruzar noites em túneis de luz morta

líquida – desliza em forma de água
e com ela – leve – sobe – evapora-se
ou – curiosa – desce ao subterrâneo
de lugares proibidos – pornográficos

em cada pouso ao longo do caminho
se alimenta de sonhos impossíveis
e – invariavelmente – quando acorda
percebe-se no mesmo beco sem saída

## é tarde

a voz que sai da tela da tevê
vem com embalagem sonora
como se em rede deitada
e embalada pelo movimento
soa como se fosse soprada

é de uma leveza sonolenta
esse sussurro quase mudo
que muda ao ritmo da música
eleva o volume ao estridente
rompe-se em distorcido ruído

palavreado de duelos metálicos
ao ápice elevado – abruptamente
música e voz caem – quase ao silêncio
como caem penas flutuantes
sente-se um suspiro de alívio

os letreiros sobem na tela
eu estou morto de sono

eu – distante – voava sentado

ele – ao meu lado – pousado

tão logo eu volto do voo

outro é decolado – voa o pássaro

## jorge

o telefone da casa ficava na sala

e havia uma extensão lá no quarto

pouca coisa mais me irritava

se ele tocava

e eu já estava deitado

dormindo – então – era o fim da picada

dependendo da hora

eu já sabia de quem se tratava

deixava tocar até cansar

batalha que ele sempre ganhava

e cansado eu conversava com a voz

do outro lado da linha – embriagada

e que tão logo identificada – um

isso é hora de ligar – caralho – eu soltava

entre o barulho de copos

tilintar de talheres e vozerio de bar

a minha raiva – solenemente – era ignorada

ouve este poema que acabei de escrever

e eu silenciava e degustava cada palavra

depois de uma pausa – a voz dele voltava

me perguntava o que eu pensava

e eu só tinha uma resposta

por favor – guarda esse guardanapo

mesmo sabendo que ele não guardaria

xícara de chá no pires xadrez

sobre a toalha quadriculada

um ou outro pote de porcelana

o aparente à venda na vitrine

sinto certa atração pelo som

de coisas que caem – e se quebram

alimento o vício de – com o ouvido

tentar desvendar que objeto

partiu-se na queda

o que foi

no encontro com o chão

despedaçado

taça – vaso – copo – prato

depois vou verificar

a forma em que os cacos

deixaram no chão

um caos desenhado

aos saltos eu acordo
e o dia dá a partida
feito carro sem bateria
que no tranco arranca

quando o dia começa assim
eu já sei o que me espera
o tal efeito dominó
desencadeado pelo salto

bola de sinuca
que ao golpe da tacada
bate cabeça em cascata
nenhuma na caçapa

carro em cadeia abalroado
um no outro engavetado
erro batendo um no outro
queda gerando outra queda

desastre anunciado

tuas verdades e lendas

loanda – lunda – loande

será que ainda rondarei

pelas vozes de luanda

memórias da minha infância

guardam vivos zumbidos

de formigas voadoras

do dia em que segui a trilha

até a boca do formigueiro

de onde saiam em voos ligeiros

com suas asas motorizadas

outra música executavam

música da chuva prenunciada

embora todos os traços

pareçam preservados

vestígios de linhas invisíveis

restam no ilusório retrato

o álbum de recordações

assume esse sépia no tom

movendo-se com o tempo

e dão à verdade outra cor

o melhor estágio

do anonimato

estar presente

não ser notado

ela foi subindo – subindo – subindo

lentamente entre nuvens o céu escalando

aqui opaca quando levemente encoberta

mas cheia e brilhante a cada brecha aberta

feito clareira em meio à escura floresta

ali escurecida por folhagem tão densa

jogando o seu jogo de esconde-esconde

foi sumindo – sumindo – sumindo

toda palavra

guarda em si

uma história

para ouvi-la

feito um livro

basta abri-la

um mundo lá fora espera o teu canto

desata os nós das tuas cordas vocais

pouco importa que ele saia desafinado

ou que outros ouvidos não o deem guarida

que seja a tua voz a mais ouvida

o verbo move a palavra

o verso molda a forma

o poeta insere no poema

palavra em movimento

por quem chora esse lamento

no resmungar de águas fluviais

do borbulhar de fonte flutuante

que desce por degraus de pedra

que ela alisa enquanto desliza

mourejar de folhas molhadas

tobogã de águas florestais

por ninguém chora esse murmúrio

sinto a perfeita mescla das águas

uma dentro da outra entrelaçada

águas de individualidades dissolvidas

coerentes contínuas correntes

águas intercaladas

gêmeas – sem marcas de emenda

## fresta

fratura na parede de pedra

por onde – sibilante – entra o vento

que circula corredores circulares

no interior da torre encastelada

contam segredos seculares

passagens de mil noites passadas

em vozes fantasmas assoviadas

## lago de montriond

em noite estrelada
sinfonia orvalhada
de vozes entonadas

árvores espelhadas em tuas águas
são filtradas pelo verde líquido cristalino
e mais parecem paisagem suavizada
em água que tira da realidade peso

lago inundado por vozes de sapos
que sobem por todos os lados
de canto bem orquestrado
na acústica da noite estrelada

e em teu entorno a entoar
toadas exaustivamente ensaiadas
dão o tom de uma noite iluminada
madrigal a anunciar a madrugada

na noite de escura fachada

eis que se revela esse vago

na copa de árvore vasta

vista abre-se ao infinito

salto no interior do nada

alternando tonalidades

entre tônicas e átonas

caminha um verso livre

do sentido da palavra

coração arritmado

compasso fora do passo

o ouvido catando o som

tateando a superfície

de desconhecido vocábulo

de pronúncia ignorada

de voz impronunciável

de língua sem palavra

que vem à tona

como memória desvelada

de tudo desprovido

de espaço desabitado

de deserto povoado

de pegada sem rastro

sem o conforto de página

poema sem pouso – solto

## fronteiras

primeiro tão de perto
não mais que uns poucos metros
a recepção do ruído
é inteira e ocupa todo o ouvido

então começo a mover-me
para perceber quando o ruído
do aspirador de folhas secas
que – progressivamente – ouço menos
irá diluir-se neste ar gelado

até ter o meu ouvido
gradativamente tomado
pelo familiar vozerio
de crianças que cantam
uma sinfonia de gritos

letra por letra o poeta

tem na ponta de cada dedo

uma batida para cada tecla

e o teclado obedece

com palavras ritmadas

na tela – impressas

em minhas caminhadas diárias

tenho certas paradas programadas

já outras são improvisadas

as últimas devo dizer geralmente

acontecem quando sou interrompido

por algum verso no ar que respiro

então paro pra tomar nota

que enviou pro meu e-mail

e em casa quando os leio

parece que converso diante do espelho

o banco de madeira

onde agora me sento

me      abre      suas      asas

e os meus braços

também abertos – sobre elas – se deitam

banco com encosto esculpido

em forma de asas de borboleta

teu abraço – te peço

ao grande poeta – escuta

não importa a idade

é voz de poesia – adulta

**soul**

como bem sabe

quem bem me conhece

sou ser feito

de rotinas e vícios

de regras e rituais

que eu crio

que eu sigo

que eu quebro

no drama da distância

de corpo que se afasta

como um eco que se vai

medo que se expande

saudade que se junta

ao vão vazio da solidão

a voz triste que canta

às margens desse mississippi

que corre dentro de cada

corpo negro do blues

voz grave de negro – voz autoral

voz íntima que me habita

cultiva vida clandestina

enquanto a pública acredita

que à fama se destina

céu rosa de um fim de tarde

flor ostenta cor de outra flor

rosa flor na flor de magnólia

ensinam as orelhas

de burro de midas

não confia o teu segredo

ao ouvido do barbeiro

veja como a onda

vinda lá do horizonte

vem tomando forma

enquanto se desdobra

o vento dança sua música

ritmada nas águas

antes do desfecho na areia

onde a onda se deita

se torna água silenciosa

na umidade arenosa

onde agora repousa

sem vento – sem onda – sem som

não tentar enquadrar a água

emoldurá-la em alguma forma

em tanque – estocada

ela passa a água estancada

ou – evaporada – muda de estado

vapor é água que sai da terra

água que voa – que se liberta

que vai morar nas nuvens

até a próxima queda

reconstruir com arte

com suas ferramentas

com seus instrumentos

o que o tempo guardou

ouve e transcreve o diálogo

travado entre tuas múltiplas vozes

anota como quem o decifra

tirando música de cada sílaba

## rondel do tempo redobrado

vândalo vento derruba templos e palácios
intrépida água quebra estruturas internas
e o que parece o fim não seria só prefácio
história já traçada que a gente não governa

tudo é questão de tempo na face da terra
todo nome enfim receberá seu epitáfio
por mais demorada tem fim toda espera
vândalo vento derruba templos e palácios

tudo tem seu termo no tempo ou no espaço
por mais que a arte se renove e pareça eterna
seu viço é vulnerável ao desgaste e ao cansaço
intrépida água quebra estruturas internas

tudo se apaga como se apaga uma lanterna
e de nada adianta tentar pelo lado mais fácil
a morte não nos libera – se muito – hiberna
e o que parece o fim não seria só prefácio

o mármore onde se imprime o nosso posfácio

e grava o nosso luto pela perda que consterna

ilusório – promete – em algum lugar – outro lácio

mas a história vem traçada – a gente não governa

relógio com ponteiros que não perdem o compasso

que se movem em cadência que jamais se alterna

contagem regressiva e irreversível de um marca-passo

a vanglória ilusão de que o tempo se prosterna

vândalo vento derruba

sob a terra movem-se artérias

**subterrâneas**

de tubos de dutos de condutos

e em cadeia de canais naturais

tributárias – elas correm imersas

e invisíveis prosseguem

de corpo e alma se entregam

ao rio maior que as espera

e de lá para o mar

desse adeus silencioso

despedida de cais do porto

ou de plataforma de estação

que se diz com as mãos

preâmbulo de saudade

## frágil

uma mão que aperta
com pulso pusilânime

uma cabeça que bate
numa dor que aperta

um peito com jeito
de calcanhar acanhado

um pé aos pedaços
de um andar descalço

um corpo machucado
uma voz só vácuo

## e – no entanto – se move

decepado pedaço

sem cabeça – sem olhos

sem boca – sem ouvidos

de narinas ausentes

ainda vivo se agita

rabo de lagartixa

pedaço perdido da infância

move-se na memória

memória que nasce no ontem

e de lá – como um rio – flui

continuamente dentro do agora

## noite

na palavra oculta

é onde você me encontra

é no labirinto dos sonhos

é sob o escuro véu noturno

que eu me escondo

enquanto isso

por rua nua e noturna

da babel de dia borbulhante

mas bela adormecida – a esta hora

em seu berço de silêncio

como raposa – saio a passeio

enquanto ando ouço

crepitar de gravetos

secos – aos quebrantos

chamamos óculos escuros óculos de sol

surdo também é instrumento musical

**a-deus**

do amor da dor da beleza da natureza
do mar das águas claras da música
da fertilidade da colheita da maternidade
do pai do filho do espírito santo

da divina trindade e seus três atributos
onipotente onisciente onipresente
dos raios do trovão da trovoada da tempestade
do sol e do vento e dos seus redemoinhos

da floresta da paz e da guerra
temido sagrado exaltado adorado
da chuva que nasce do choro da deusa
das doenças das plantas das lendas

do dinheiro da prosperidade da pobreza
da desordem do caos e da ordem do cosmos
do futebol do vinho e da infinita bondade
da caça da justiça da graça

que castiga que perdoa que protege que intriga
fique com deus vá com deus
se deus quiser meu deus do céu
quanto deus meu deus

um deus que me livre na voz do ateu
por deus pelo amor de deus nos acuda
por alá por zeus oxalá
para que tanto deus

e eu – ora veja
diagnosticado como agnóstico
ergo o meu copo em reverência
aos deuses da cerveja

## ipirá

tantas vezes havia feito aquele mesmo percurso

com o tempo – tudo se tornara tão familiar

o sol intenso – as faces queimadas – enrugadas

mas o olhar – dessa vez – mais agudo se revelava

enquanto mirava a palavra em diferentes fachadas

vista do táxi – na janela do tempo que passava

caboronga – caboronga – caboronga – caboronga

supermercado – mercearia – clube – funerária

líquida memória da água me recebia de volta

o nome do meu avô

era nome onomatopaico

roque – roque – roque

soava feito um serrote

casava com a voz grave

de homem forte

## visita

na casa dos meus avós
não havia porta para bater
assim como os braços
ela estava sempre aberta

e eu anunciava a minha chegada
com uma sonora gargalhada
que ressoava por toda a casa

do quarto – a voz do meu avô
num brado – me saudava
o moleque chegou chica
na face – um sorriso bem largo

ela – que sempre me via primeiro
àquela altura já me abraçava
e com prantos de alegria
nos meus braços chorava

e assim como na chegada

na despedida ela me abraçava

e – aos prantos – soluçava

lêlê – ela era
serelepe em seu
senso de humor
apimentado

também era
em segunda grau
minha prima

lêlê era cuidadosa
sempre por perto
da minha vó
não descuidava

e era engraçada
sempre que a gente
se encontrava
dava muita risada

ela – certo dia
me estendeu a mão
e – com a palma bem aberta
me ofereceu o que pensei
fosse uma fruta pequena

vermelha parecia pitanga
mas quando provei
era pura pimenta

caímos na gargalhada

os três
eu – lêlê e a minha avó

encontrei o meu tio-avô manuel na rua

ele vinha de uma das suas longas caminhadas

logo que me viu – me saudou com um abraço

e confundiu o meu nome com o do meu primo

eu – sem saber que ele vinha do cemitério

perguntei – de onde você vem tio manuel

fui visitar a minha última morada – rebateu de pronto

aos noventa e seis – ele foi morar lá

luz de sol direcionada

ilumina essa eclosão floral de primavera

e a janela como moldura dessa tela

um adorno de cores adoráveis

diante do olhar – beleza descortinada

aqui todas as músicas se encontram

em    tantas diferentes    cadências

que   simultaneamente a executam

trinidos de pássaros entrecortados

pelo motor que    move a aeronave

latido de cachorro a correr    solto

vento de passagem    pela folhagem

vozerio   transeunte dos passeantes

poesia em meus   fones  de  ouvido

a noite – mar de escuridão

e de magias imaginárias

alimenta o sonho desse rio

que vaza na madrugada

## até ontem

todos os dias eu acordo
levanto a cortina e olho lá fora
tento fazer uma previsão do tempo

mas hoje não

levanto e vou direto pro banheiro
dou vazão ao mijo matinal
lavo as mãos e escovo os dentes

mas hoje não

sento-me no sofá e jogo jogos de palavras
do new york times
ainda no sofá – dou um giro nas notícias

mas hoje não

abro o laptop para fingir que trabalho
vejo se algum cliente tem alguma demanda
abro arquivos de poesia

mas hoje não

por volta das onze – faço a minha caminhada diária
fumo um unzinho no início do caminho
faço a colheita de versos que estão prontos

mas hoje não

sento-me para alimentar o hábito do cigarro
antes de voltar para casa
e comer palavras espalhadas pela sala

mas hoje não

hoje – eu não acordei

entre idas e vindas

entre presente e passado

sinto que a minha memória

feito água pelo ralo

tem escorregado

## na sala

a conversa girava em torno da caça
da expectativa da chuva atrasada
da safra de grãos – o milho e o feijão
que eles vendiam no mercado da praça

eu – entre o meu avô e os seus dois irmãos
a minha avó trazia doces e me abraçava
conversava um pouco e pra cozinha voltava
eu sempre prestava atenção ao que ela falava
havia sabedoria naquelas entrelinhas

em um breve momento de pausa
perguntei a ele sobre aquela água
e se ele de bernardo lembrava

me respondeu que a viúva dele ainda era viva
e continuou contando a história do dia
em que o meu pai na praça pregava

ele ouvia e – todo orgulhoso – com voz rouca exclamava
que aquele era o filho dele

que bebeu da água da caboronga – não negava
minutos mais tarde – o que eu não esperava
apontando para a porta aberta
o meu avô me alertou
a mulher de bernardo na rua passava

apressado – ansioso – eu corri
louco para contar para ela
que a água o trouxe de volta

mas tão logo me apresentei
e o nome dele mencionei
um olhar mais incrédulo do que o meu
por estar diante dela
foi tudo o que me devolveu

e – como se eu não estivesse nem ali
mirando o nada – a voz soou axiomática
você era muito novo para lembrar

deu meia volta – me deu as costas
foi embora

faz parte do teu trabalho

puxar o fio do novelo

e com desvelo em cada verso

desnovelar palavras

e novamente enovelar

pólen bold 90 gr/m2
tipologia perpetua
impresso na verão de 2023